Petite Masaï

MANGO *JEUNESSE*

Il était une fois une petite fille qui s'appelait Petite Masaï. Elle vivait en Tanzanie.

Un jour, papa Masaï lui dit :

— Maman Masaï et moi, nous partons pour la journée. Nous serons de retour à l'heure du dîner.

Lorsque petite Masaï vit que ses parents étaient partis, elle se leva d'un bond et dit :

— Je m'ennuie ! Je vais aller faire une promenade, une petite, toute petite promenade.

Et elle s'éloigna du village.

Elle grimpa à un palmier.
Puis elle se baigna dans une rivière,
et joua avec des poissons bleus et jaunes.

En sortant de l'eau, elle rencontra un chasseur blond, grand et distingué.

Avec son étrange accent, il lui dit :

— Bonjour, Petite Masaï. N'auwais-tiou pas aperçu une éléphant ?

— Non, monsieur, je n'en n'ai pas vu.

— Oh là là, quelle malchance ! dit-il.

Et il reprit ses affaires, et continua son chemin.

Petite Masaï, encore tout étonnée de cette rencontre, alla rapidement avertir l'éléphant que quelqu'un le cherchait.

— Merci, merci, mon amie, répondit l'éléphant en apprenant la nouvelle. Ce méchant chasseur est vraiment déterminé à transformer mes pauvres défenses en bagues, bracelets, ou boîtes à bijoux. Je vais, de ce pas, prévenir mon troupeau.

Sur le chemin du retour, Petite Masaï rencontra de nouveau le chasseur.

— Bonjour, Petite Masaï. N'auwais-tiou pas aperçu un rhinocéwos ?

— Non, monsieur, je n'en n'ai pas vu.

— Oh là là, quelle malchance ! dit-il.

Et il reprit ses affaires, et continua son chemin.

Petite Masaï alla rapidement avertir
le rhinocéros que quelqu'un le cherchait.

— Merci, merci, mon amie, répondit
le rhinocéros en apprenant la nouvelle.
Ce vilain chasseur est vraiment déterminé
à transformer ma pauvre corne
en un somptueux manche de couteau.
Je vais, de ce pas, prévenir mon troupeau.

Arrivée près de chez elle, Petite Masaï rencontra de nouveau le chasseur.

— Bonjour, Petite Masaï. N'auwais-tiou pas aperçu une cwocodile ?

— Non, monsieur, je n'en ai pas vu.

— Eh bien, tiou sais quoi ? dit-il. Je m'en vais ! On m'a trompé ! Il n'y a ni cwocodile, ni rhinocéwos, ni éléphant. En plous, il y a beaucoup de moustiques. J'en ai assez !

Et le chasseur rebroussa chemin.

Petite Masaï courut à la rivière
et appela le crocodile pour lui raconter
ce qui venait de se passer.

— Merci, merci, mon amie, répondit
le crocodile. Ce chasseur s'est mis en tête
de me transformer en sacs à main
et en chaussures de luxe. Je vais, de ce pas,
vérifier qu'il est vraiment parti.

Sur le chemin du retour, Petite Masaï réalisa
qu'après tant d'allées et venues, elle s'était perdue.
Elle s'assit sur un rocher et se mit à pleurer.

Attirés par ses pleurs, une girafe et trois singes surgirent des arbres.

— Que se passe-t-il ? demanda la girafe. Tu es Petite Masaï, n'est-ce pas ? Un petit oiseau m'a raconté comment tu avais sauvé l'éléphant, le rhinocéros et le crocodile. Mais pourquoi pleures-tu ? Tu es perdue ? Allez, grimpe !

Petite Masaï monta sur la girafe et grimpa
tout en haut de son cou. Arrivée au sommet,
là où il fait froid, elle regarda à droite,
puis à gauche, puis devant elle.

Alors, à l'horizon, derrière la montagne,
elle aperçut son village et sa maison.

Petite Masaï se laissa glisser sur le dos de la girafe comme sur un toboggan, et la girafe lui dit :

— Accroche-toi, ma jolie !

Et elle se mit à courir et à courir entre les arbres.

Enfin, la girafe la déposa avec douceur
à l'entrée du village.

— Au revoir, mon amie.

— Au revoir, girafe.

Et Petite Masaï arriva juste à temps
pour le dîner.

Les Masaïs

Tanzanie

Masaïs : ce mot vient du langage *maa*. Les Masaïs du Kenya et de la Tanzanie
vivent de l'élevage de vaches et de leurs pâturages. Leurs origines sont mystérieuses ;
pour certains, les Masaïs sont les descendants d'une tribu d'Israël, pour d'autres,
ils sont issus d'un métissage entre les Nilois (originaires de la vallée du Nil)
et les Hamites (peuple originaire de l'Afrique du Nord).
La vénération qu'ils ont pour Enkaï, le dieu du ciel et de la terre, fait qu'ils se sentent
très proches de la nature et qu'ils éprouvent une véritable adoration pour les vaches,
leur source de survie. Ils boivent leur sang et leur lait, mangent leur viande et se servent
de leurs cornes pour fabriquer des récipients. Ils utilisent également leur peau pour faire
des vêtements, des chaussures et des couvertures.

Dans la même collection...

© 2006, Patricia Geis pour les textes et illustrations originales.
© 2006, Combel Editorial S.A. pour l'édition originale.
© 2015, Mango Jeunesse pour l'édition en langue française.
Traduit de l'espagnol par Jean-Marie Saint-Lu
Loi n° 49-956 du 16 juillet 1949
sur les publications destinées à la jeunesse
Dépôt légal : janvier 2015
Fabrication : Marie Guibert
Imprimé en Espagne par Edelvives
N° d'édition : J15013
ISBN : 978-2-7404-3166-5 - MDS : 60682